la courte échelle

D1565322

Les éditions la courte échelle inc.
Montréal • Toronto • Paris

Ginette Anfousse

Née à Montréal, Ginette Anfousse dessine presque sérieusement pendant six ans, pour la télévision, les journaux et les revues. Ensuite, elle se met à écrire. Elle reçoit de nombreux prix autant pour le texte que pour les illustrations: 1987, prix Fleury-Mesplet comme meilleur auteur de littérature-jeunesse des dix dernières années; 1988, prix Québec-Wallonie-Bruxelles pour *Les catastrophes de Rosalie*, Prix d'excellence de l'Association des consommateurs du Québec et nomination pour le Prix du Gouverneur général. Ginette Anfousse écrit son troisième Roman Jeunesse pour la courte échelle, les deux autres ayant connu un très grand succès dès leur parution.

Comme elle adore faire rire et sourire les petits et les grands, elle continue de plus belle.

Marisol Sarrazin

Marisol Sarrazin est née à Sainte-Agathe-des-Monts en 1965. Elle est présentement étudiante en Design graphique à l'UQAM. Ses dessins égaient certains manuels scolaires et *Le petit devoir*. Elle adore toutes les formes de communications visuelles. Chose certaine, elle a du talent à revendre. *Rosalie s'en va-t-en guerre* est le troisième roman qu'elle illustre à la courte échelle.

*À Diane Gervais, ma grande amie, en souvenir
de notre séjour paisible à Duravel*

Les éditions la courte échelle inc.
5243, boul. Saint-Laurent
Montréal (Québec) H2T 1S4

Conception graphique:
Derome design inc.

Révision des textes:
Odette Lord

Dépôt légal, 1er trimestre 1989
Bibliothèque nationale du Québec

Données de catalogage avant publication (Canada)

Anfousse, Ginette, 1944-

    Rosalie s'en va-t-en guerre

    (Roman Jeunesse; 19)
    Pour enfants à partir de 9 ans.

    ISBN 2-89021-093-6

    I. Sarrazin, Marisol, 1965-   . II. Titre. III. Collection.

PS8551.N46G83 1989 jC843'.54 C88-096463-4
PS9551.N46G83 1989
PZ23.A53Gu 1989

Ginette Anfousse

ROSALIE S'EN VA-T-EN GUERRE

Illustrations
de Marisol Sarrazin

Prologue

Mardi, Léopold, mon chat, a disparu. Le lendemain, dans la cour de l'école, Marco Tifo, pour rire, a accusé Piam Low de l'avoir mangé. Piam a vu rouge et Marco a reçu une sapristi de mocheté de raclée.

Puis tout a éclaté! D'abord, Simon, le frère de Marise, a sauté sur Piam pour défendre Marco. Puis Benoît a sauté sur Simon pour défendre Piam. Puis Marise a sauté sur Benoît pour défendre son frère.

Si bien que dix minutes plus tard, tout le monde se battait avec tout le monde pour défendre quelqu'un. C'est simple, ce

matin, dans la cour de l'école, c'était la GUERRE!

La GUERRE TOTALE!

Julie Morin, elle, avec son super cerveau d'ordinateur, se tenait dans un coin. Elle regardait la guerre de haut. Elle essayait de comprendre. Moi, je n'ai rien contre la paix, la preuve, c'est que je suis en amour!!! Mais... quand j'ai reçu une troisième balle de neige derrière la tête, sans le vouloir, je me suis retrouvée dans le camp de Marco. Normal! Marco est l'un de mes amis.

C'est Roger, notre professeur d'éducation physique qui faisait la surveillance. Quand il a tenté de démêler la situation, tout le monde a compris que Marco avait fait une blague stupide. Que Piam avait perdu le contrôle de lui-même.

On a su aussi que, non seulement l'école avait été en GUERRE TOTALE, mais qu'en plus, cela avait été une sapristi de mocheté de GUERRE RACISTE!

Chapitre I
La tempête du siècle

Quand la cloche a sonné, on s'est retrouvés dix-sept à l'infirmerie de l'école. Des gars! Des filles! Des petits! Des grands! Des jaunes! Des noirs! Des blancs! La directrice était horrifiée. L'infirmière dépassée. Roger consterné.

Personne ne se lamentait. Silencieux, on se regardait en chiens de faïence. Piam avait une dent cassée. La palette d'en avant. Nerveux, il passait constamment sa langue dans la brèche. Marco, lui, se tâtait l'arcade sourcilière. En grimaçant, il épongeait du rouge avec un vieux kleenex.

Marise, appuyée au chambranle de la

porte, se massait le crâne. Une prune de la grosseur d'un oeuf lui poussait au milieu de la raie. Simon se frictionnait les rotules. Benoît se tripotait le front.

Bref, chacun caressait sa blessure en prenant un air contrit ou hargneux. C'était selon que son regard croisait celui de la directrice ou celui d'un ennemi.

L'oeil bourré de reproches, Jeannine, l'infirmière, circulait de l'un à l'autre. Elle badigeonnait de mercurochrome les boursouflures. Posait des diachylons sur les éraflures. De temps à autre, elle marmonnait:

— Pauvre enfant! Pauvre enfant!

Moi, j'avais l'oeil gauche qui m'élançait. J'ai dû serrer les dents quand Jeannine a appliqué, au-dessus, son affreuse teinture. Curieuse, j'ai sorti mon miroir de poche. Et j'ai fait le saut. J'ai dit en riant:

— Sapristi! Comme peinture de guerre, c'est réussi!

Tout le monde a souri. Sauf Piam. L'index dans la brèche, il mesurait, cette fois, l'ampleur des dégâts. Et, renfrognée, l'infirmière a continué son travail en bougonnant ses sempiternels:

— Pauvres enfants!

Puis, la directrice a longuement... longuement parlé de l'amour et de la tolérance. Elle a longuement... longuement expliqué toute la répulsion qu'elle avait pour la violence, en général, et le racisme, en particulier.

Elle prononçait le mot «racisme» comme si c'était le plus abominable mot du dictionnaire. Comme je ne savais pas au juste ce que cela voulait dire, j'ai seulement trouvé qu'elle exagérait un peu.

Après, longtemps après, les dix-sept éclopés ont reçu la permission de retourner dans leur classe... escortés par Roger.

* * *

Je suis entrée dans ma classe avec Marise, Piam, Marco, Benoît, Polo et Lou Thi Chamg. On devait avoir une drôle d'allure parce que tout le monde a souri. Nous, on a rigolé. Piam, lui, n'aurait pas dû.

Toute la classe a éclaté de rire en apercevant la brèche, à la place de sa dent. J'ai cru entendre Piam siffler à l'oreille de Marco:

— Tu n'as pas fini avec moi, espèce

de sale macaroni!

Marco est devenu rouge à son tour. Il ne riait plus du tout. Même que sa mâchoire était drôlement serrée quand il a pris sa place à côté de Julie Morin.

Puis, Miss Lessing, notre professeure

d'anglais, s'est raclé la gorge. C'était suffisant pour nous rappeler à l'ordre. C'est que Miss Lessing fait peur à tout le monde avec son mètre soixante-dix et son fort accent étranger. Alors, on a tous répété derrière elle:

— I am. You are. He is. We are. You are. They are.

Vers dix heures trente, la directrice a fait savoir à toute l'école qu'il n'y aurait pas de récréation aujourd'hui. Une neige collante, lourde, épaisse, tombait drue. Une neige qu'elle avait sans doute jugée trop parfaite pour déclencher une nouvelle guerre, un nouveau combat de boules de neige.

Comme tout le monde se sentait un peu coupable d'avoir, ce matin, mis son école à l'envers, personne n'a rien dit. Personne, sauf Benoît Baptiste qui a commenté:

— Tiens, un couvre-feu comme dans mon ancien pays!

Pas un de nous ne savait de quel pays parlait Benoît. Mais, comme la directrice n'était pas d'humeur à supporter les commentaires, on a continué la classe comme si de rien n'était.

La trêve s'est poursuivie jusqu'à l'heure du repas. Aucune escarmouche ne s'est reproduite entre Piam et Marco.

C'était le calme. Le calme pendant la tempête. Parce que dehors la neige tombait si serrée que tous les enseignants parlaient de tempête du siècle. Nous, les élèves, on aime bien entendre parler de tempête du siècle. Cela signifie toujours que l'école sera fermée. Qu'on aura congé pour le restc de la journée.

C'est exactement ce qui est arrivé!

À midi trente, tous les élèves de l'école Reine-Marie tentaient de se frayer un chemin pour rentrer chez eux. Sur les trottoirs pas encore déblayés, on s'enfonçait jusqu'aux genoux. Au loin, on entendait le vacarme des charrues et le sifflement des souffleuses.

En ce début d'avril. Premiers jours du printemps. Une semaine avant les grandes vacances de Pâques. Exactement comme la guerre, ce matin. Sournoisement, la tempête de neige nous avait tous pris au dépourvu.

Chapitre II
La guerre continue

En m'inventant un chemin dans la neige, j'ai d'abord pensé au petit Léopold, le fils de Charbon, mon autre chat. Ce n'est pas dans ses habitudes de faire des fugues. Par malchance, il fallait que le Chat Léopold tombe sur la tempête du siècle.

Puis j'ai pensé à Pierre-Yves Hamel. Depuis quatre jours, mon grand héros viking est malade comme un chien. Cloué au lit, il soigne sa grippe de Hong-Kong. Mme Hamel, sa mère, le bourre d'antibiotiques, de vitamines C et de jus d'orange de la Floride.

Elle chouchoute son fils comme si

c'était un nouveau-né. Mme Hamel a pris Pierre-Yves en otage et c'est à peine si elle permet que je lui parle au téléphone. Enfin... j'ai poussé la porte de notre maison du boulevard Saint-Joseph.

En entrant, j'ai aperçu la tête de tante Béatrice. Elle jetait un oeil du fond de sa cuisine. J'ai crié:

— C'est moi! L'école est fermée à cause de la neige!

C'était mercredi. C'était sa journée de congé. J'aurais préféré tomber sur la journée de congé de tante Alice ou de tante Colette. Ou bien sur celle de tante Diane ou de tante Élise. Ou bien sur celle de tante Florence ou de tante Gudule.

Il fallait que j'aie la sapristi de mocheté de malchance de tomber sur la journée de congé de tante Béatrice, le Céleri surveillant.

En la voyant s'approcher, j'ai compris que la tempête allait se poursuivre dans la maison. Les mains sur les hanches, elle a d'abord reluqué ma tête d'indienne javanaise comme si c'était la tête d'un chef sioux. Et elle a dit sur un ton moqueur:

— Je vois que le poussin de tante Alice s'est battu comme un coq de basse-cour!

Puis:

— J'apprécie, mon coeur, les subtilités de ton maquillage, mais je me demande si tu auras assez de ta journée pour réparer tout ça!

Dégoûtée, tante Béatrice tripotait une manche de mon manteau. En retournant dans sa cuisine, elle a ajouté sur un ton sec:

— Je veux aussi la vérité, toute la vérité, Rosalie Dansereau.

Avec une manche décousue et ses deux poches déchirées, mon manteau neuf avait l'air moins neuf. J'avais perdu un bouton et les trois autres pendaient miraculeusement au bout de leurs fils.

— Et la vérité, Rosalie Dansereau? Toute la vérité, ça vient? insistait le Céleri surveillant en bardassant une pile de chaudrons dans le creux de son évier.

Sans prendre le temps de me déshabiller, je suis allée la rejoindre en expliquant:

— La vérité, tante Béatrice, c'est que je me suis défendue. Seulement défendue. La vraie vérité, c'est que ce matin, à l'école, c'était la GUERRE! La GUERRE TOTALE! Même que Roger a dit que cela avait été une sapristi de GUERRE RACISTE!

C'est exactement à cet instant que tante Béatrice a échappé sa cocotte minute. Puis, par malheur, son coude a bêtement heurté le vase rempli de tulipes et de jonquilles qui décorait le comptoir.

Dans un vacarme sans nom, des centaines d'éclats de grès, mêlés à des centaines d'éclats de porcelaine, se sont éparpillés sur son plancher ciré. Ici et là, une fleur du printemps nageait sur le linoléum. Jamais de ma vie je n'avais vu la cuisine de mes tantes dans un si piteux état.

Tante Béatrice était momifiée. Alors, j'ai pensé que, comme la directrice, comme l'infirmière, comme Roger, elle aussi devait avoir une profonde répulsion pour la GUERRE en général et pour le RACISME en particulier. Sinon, pourquoi tante Béatrice qui ne fait jamais, jamais de gaffes, aurait-elle eu deux accidents si bêtes, simultanément?

Avec mon manteau moins neuf et mon oeil poché, je me suis agenouillée pour ramasser les morceaux.

Un petit tas de cocotte minute par ci. Un petit tas de vase à fleurs par là. Puis une tulipe. Puis une jonquille. Un petit tas de cocotte minute par ci. Un petit tas de vase à fleurs par là. Puis une tulipe. Puis une jonquille...

Et, comme au théâtre, mes six autres tantes ont fait leur apparition toutes ensemble. À cause de la tempête, elles avaient eu congé, elles aussi.

Elles ont d'abord regardé la scène bouche bée. Puis, tante Alice a fait un geste de la main comme pour chasser une vision insupportable. Une vision de film d'horreur. Enfin, elle s'est approchée en soupirant:

— Pauvre enfant!

Exactement comme Jeannine, l'infirmière. Puis, elle a dit en fixant Béatrice durement:

— Comment? Comment as-tu osé?

Béatrice, toujours sous le choc, a d'abord demandé à tante Alice:

— Pourquoi me regardes-tu comme ça?

Puis, se tournant vers les autres:

— Pourquoi... pourquoi me regardez-vous toutes comme ça? Ce n'est pas la fin du monde... c'est seulement un accident!

— Seulement un accident! ont répété mes six autres tantes en s'approchant de moi comme pour me consoler.

Quand enfin, tante Alice, l'index accusateur, a foncé sur Béatrice en disant:

— Jamais, Béatrice Dansereau, jamais, tu entends, l'une de nous n'a utilisé la violence pour élever cette enfant!

J'avais enfin compris. Tante Béatrice aussi.

Mes six tantes s'étaient imaginé que tante Béatrice m'avait... BATTUE. C'est vrai qu'avec mon oeil poché, mon manteau déchiré, à genoux dans les débris, j'avais tout à fait l'air d'une enfant maltraitée.

Béatrice, qui avait enfin repris ses esprits, a murmuré:

— Vous avez perdu la tête toutes les six? Rosalie n'a pas besoin de moi pour se battre comme un chiffonnier! Pour hériter d'un oeil au beurre noir! Pour déchirer ses vêtements! Vous... vous m'avez toutes insultée! Très, très profondément insultée!

Et... pour montrer jusqu'à quel point elle était profondément insultée, Béatrice a saisi le couvercle intact de la cocotte minute et... l'a laissé, lui aussi, tomber sur le plancher. Avec ses allures de céleri vexé, elle a quitté la cuisine. Grimpé l'escalier. Claqué la porte de sa chambre. Pour moi, le pire était passé.

Enfin presque! Parce que Colette, Diane, Élise, Florence et Gudule, honteuses de leurs méprises, me regardaient de travers. Il n'y avait que tante Alice qui palpait mon bobo en soupirant encore:

— Pauvre enfant! Pauvre enfant!
Puis:

— Qui a osé brutaliser mon poussin?
Enfin:

— Donne-moi le nom de ces voyous, pour que j'appelle leurs parents!

Je me suis dégagée et j'ai dit:

— Tout a commencé à cause du Chat

Léopold... de Piam Low... de Marco... et de quelques boules de neige. Si tu appelles leurs parents, tu sauras que Piam a la palette d'en avant cassée. Que Marco a le front fendu. Et, tu sauras sans doute, que Marise a une prune sur le crâne de la grosseur d'un citron.

Tu sauras que Simon, son frère, a plein de bleus sur les genoux. Qu'enfin nous étions dix-sept à l'infirmerie de l'école. Parce que... Parce que dans la cour de l'école, ce matin, c'était la GUERRE! Et... que tout le monde s'est battu! Tout le monde! Sauf Julie Morin... parce que elle... elle est au-dessus de ça!

Tante Alice a hoché la tête comme pour nier ce qu'elle avait entendu. Mes autres tantes hébétées n'ont rien dit.

Embarrassée, j'ai fini par proposer:

— Si on ramassait les dégâts, toutes ensemble?

Mais, dans un silence absolu, sans que je ne comprenne pourquoi, mes six tantes sont allées rejoindre Béatrice, en haut, qui boudait.

L'atmosphère de la maison était pire qu'au dehors, là où la tempête du siècle charriait toujours son vent mauvais.

Seule, j'ai fait le ménage de la cuisine. J'ai enfoui dans les poubelles toutes les traces de l'ancienne cocotte minute, de son couvercle et du vase à fleurs. J'ai mis les tulipes et les jonquilles dans un grand verre d'eau.

Puis, j'ai pensé à mon vrai père et aussi à ma vraie mère morts depuis si longtemps. J'ai réalisé encore une fois combien ma vie d'orpheline était injuste. Quel malheur cela était de vivre avec sept tantes fâchées et qui boudaient.

Alors, j'ai décidé de téléphoner à celui qui me comprend vraiment. Celui qu'on détient en otage. Pierre-Yves Hamel, mon grand héros viking.

Chapitre III
Mon héros est un lâche

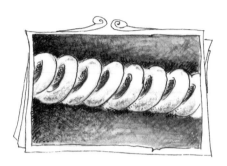

C'est sa mère qui a répondu. Elle a dit:

— Il est préférable de le laisser dormir, ma petite Rosalie. S'il va mieux, je lui dirai de te rappeler dans la soirée.

Cela fait quatre jours que Mme Hamel fait des tas de chichis chaque fois que je veux lui parler. Elle profite de la grippe de son fils pour régner en maîtresse absolue. L'avoir à elle toute seule.

Je lui ai pourtant dit que c'était pour une sapristi de mocheté de chose urgente. Que la vie de Léopold était en danger. Qu'il me fallait parler à Pierre-Yves sans faute. Elle a fait:

— Hum! Hum!

Comme si la vie du Chat Léopold était le dernier de ses soucis. Puis elle a raccroché.

Après, la maison était comme endormie. Aucune de mes tantes ne bougeait dans sa chambre. Je suis montée dans la mienne. Charbon, étendu sur mon lit, s'étirait, alangui. Le panier vide de Léopold ne troublait absolument pas ses habitudes. Charbon est seulement un sapristi de chat égoïste et satisfait.

Dehors, la neige continuait de s'entasser. Une neige de printemps. Celle qui d'un coup peut se métamorphoser en grêlons ou en pluie.

J'ai décidé qu'aussitôt le mauvais temps passé, il faudrait organiser une grande battue pour retrouver mon Chat Léopold. C'est qu'il est tout petit, à peine trois mois!

Puis, parce qu'il n'y avait pas autre chose à faire que de réparer mon manteau, j'ai choisi de poursuivre mes études vétérinaires dans mon encyclopédie.

Le squelette de mon mammifère préféré était drôlement difficile à identifier et à mémoriser. Avec ses 285 petits os éparpillés de la tête à la queue, c'était un vrai casse-tête chinois. Puis j'ai pensé à me servir de Charbon.

J'ai voulu d'abord vérifier et compter ses 13 paires de côtes. Alors, je l'ai attrapé doucement. Il s'est laissé faire comme un grand. Ensuite, du bout des doigts, j'ai tâté en appuyant sur ses flancs. J'ai appuyé plus fort.

Il a d'abord miaulé pour protester. Et sa queue a fouetté l'air. Puis les oreilles couchées, il a feulé comme une lionne en colère. Enfin, il a bondi sur le haut de la commode, vexé, lui aussi, dans sa dignité. Je crois que Charbon déteste servir de cobaye, même à une future vétérinaire.

Pendant deux heures, je me suis obstinée à apprendre par coeur toutes les caractéristiques crâniennes des félins. À la fin, je savais tout sur leur bulle tympanique. Alors, j'ai fermé mon livre. J'ai jeté un dernier regard sur Charbon. Et je suis descendue à la cuisine pour réparer mon manteau.

À six heures trente, j'avais complètement fini de rafistoler et mes manches et mes boutons. Puis, mes tantes, à tour de rôle, sans dire un mot, sont venues chacune se confectionner un super sandwich aux tomates.

Elles sont montées le grignoter toutes seules dans leurs chambres. J'allais en faire autant quand la sonnerie du téléphone a retenti.

C'était Pierre-Yves. C'était lui. Il toussait. Entre deux quintes de toux, j'ai su qu'il allait encore mal. Sa grippe de Hong-Kong lui donnait une sapristi de mocheté de fièvre. Même que la nuit dernière, le thermomètre a, paraît-il, grimpé jusqu'à 39!

J'ai su aussi que sa mère l'avait veillé sans arrêt. Que lui, Pierre-Yves, avait enfin compris tout le dévouement, la générosité, l'attention, l'amour dont elle était capable. À l'entendre, sa mère était une sorte de mère Teresa du Plateau Mont-Royal.

Moi, j'ai réalisé que mon grand héros viking délirait. Agacée, je lui ai fait remarquer:

— Ta mère est bien bonne, mais... n'importe laquelle de mes tantes en aurait fait autant!

Il a toussé, en s'étouffant un peu, puis il a dit:

— Ouais... peut-être! Mais... ma mère, elle, a décidé de m'amener sur le bord de la mer, aux États, pour toutes les vacances de Pâques. Elle dit que l'air salin me fera du bien. Moi, je suis content. Je pourrai faire de la planche à voile à mon goût. J'irai aussi faire de la pêche en haute mer avec mon père.

Effondrée, j'ai ravalé ma salive. Cela faisait des jours et des jours que Pierre-Yves et moi avions organisé nos vacances de Pâques. J'ai répondu bêtement:

— Mais... mais notre visite à l'Aquarium? Notre visite au Planétarium? Notre visite au Jardin botanique? Notre visite au gros Oratoire Saint-Joseph? Et... puis nos billets pour le spectacle au Forum? Toute notre semaine était organisée comme de vrais touristes! Cela devait être les plus belles vacances de Pâques de notre vie!

Il a osé répondre:

— Tu exagères toujours, Rosalie Dansereau. Je ne vais quand même pas traîner mes bottes de ski-doo dans la boue du boulevard Saint-Joseph quand j'ai la chance de me tremper les orteils dans la mer bleue des États!

Il a respiré un peu, puis il a demandé:

— Tu veux me dire aussi ce qui arrive au Chat Léopold? Ma mère m'a rapporté que sa vie était, paraît-il, en danger?

Consternée par tout ce qu'il venait de raconter, j'ai quand même réussi à lui répondre, en me vengeant:

— Si madame ta mère avait eu la politesse de te transmettre mes messages, tu saurais depuis longtemps que le Chat Léopold a disparu. C'est peut-être une fugue. Un vol. Un crime ou un accident. Moi, je me suis tuée en le cherchant partout.

Il a seulement dit en toussant:

— Ça ne me surprend pas, Rosalie Dansereau! J'ai toujours su que tu avais la mauvaise habitude de laisser traîner tes chats un peu partout!

Blessée, j'ai crié:

— Tu es injuste, Pierre-Yves Hamel. Injuste! Tu sais très bien le mal que je me donne pour rendre mes chats heureux. Propres. En santé. Tu connais les super recherches que j'ai commencées pour étudier leur anatomie et leur comportement! Même que, cet après-midi, j'ai tout appris sur leur bulle tympanique!

Il a dit sans tousser:

— Cela n'a pas empêché Léopold de se perdre dans la pire tempête du siècle!

Puis, comme si la fièvre le rendait complètement odieux, il a ajouté:

— Je me demande, finalement, comment j'ai fait pour te confier un des bébés de Timinie!

J'aurais voulu lui répondre que Léopold n'était pas seulement le fils de Timinie, sa chatte. Mais qu'il était aussi le fils de Charbon, mon chat. Et Pierre-Yves s'est remis à tousser. À tousser comme un démon. Puis comme un dragon qui crache le feu. Et comme la

Traviata sur une cassette de tante Colette, dans l'opéra de Verdi.

J'ai cru qu'il s'étoufferait à jamais. Alors, inquiète, j'ai murmuré:

— Pauvre Pierre-Yves!

Ensuite, par solidarité, pour lui montrer qu'il n'était pas seul au monde à souffrir, j'ai raconté:

— Tu sais, Pierre-Yves Hamel, dans la cour de l'école, ce matin, on m'a impitoyablement fait mal, à moi aussi. Même que j'ai failli y perdre la vue. Une bande de sauvages m'a attaquée par derrière. Et j'ai reçu une boule de neige, de la grosseur d'un melon, en plein dans l'oeil gauche. J'ai maintenant l'oeil poché, moitié noir, moitié mauve, moitié rouge, moitié vert.

Et, comme j'espérais faire totalement la paix avec lui, j'ai même déclaré:

— Je suis certaine que si tu avais été là, TOI, tu m'aurais défendue!

Il y a eu, dans l'appareil, comme un rire étouffé, puis Pierre-Yves a dit:

— Ça m'étonnerait beaucoup, Rosalie Dansereau. Je suis désolé, mais je viens de parler à Julie Morin et je suis parfaitement d'accord avec elle. Je...

34

Je me suis mordu les lèvres. Parce que je ne voulais pas qu'il me rabatte les oreilles avec les propos de Julie Morin. Parce que tout allait infiniment mal pour moi. Parce que mes projets de vacances étaient anéantis, écroulés, effondrés, je lui ai coupé la parole et j'ai hurlé:

— Je suppose que la GUERRE, toi aussi, tu es au-dessus de ça! Je suppose que comme Julie Morin, la seule chose qui t'intéresse dans la vie, c'est comprendre! Alors, Pierre-Yves Hamel, je te déteste. Je te DÉTESTE parce que je sais

maintenant que tu es incapable de défen-
dre ceux que tu aimes, parce que tu es un
LÂCHE! Une sapristi de mocheté de
LÂCHE!

Et c'est en braillant et en rageant que
je lui ai claqué la ligne au nez.

Chapitre IV
Mon héros est encore un héros

Ce n'est pas tous les jours que l'on vit une GUERRE à son école. Une brouille avec son chat. Un drame avec ses mères. Une tragédie avec son chum. Alors, j'ai chialé pendant dix minutes. Puis, à mon tour, je me suis confectionné un super sandwich tomates-laitue-mayonnaise-oignons et cornichons.

J'allais mordre dedans quand la sonnerie du téléphone a retenti de nouveau. C'était Pierre-Yves. C'était encore lui. Il a dit sans tousser:

— Tu as raison! Je suis un lâche! Et ma mère exagère! Je ne suis pas si malade que ça! J'ai filé de chez nous par la porte arrière. Je t'appelle du restaurant du coin. Enfile ton manteau et viens me rejoindre. Ensemble, on va chercher le Chat Léopold.

Il a fermé l'appareil sans que je puisse dire un mot. Alors, je me suis habillée. Et je suis sortie.

Dehors, il faisait déjà noir. Il neigeait et il pleuvait en même temps. C'était venteux. L'air était humide. C'était malsain. En apercevant Pierre-Yves, j'ai dit:

— Tu es fou! Tu vas attraper ton coup de mort. Rentre chez toi, on cherchera mon chat demain.

Il a répondu:

— Rentre chez toi si tu veux, moi, j'ai décidé de retrouver Léopold et... je le retrouverai.

Pierre-Yves Hamel est la pire sapristi de mocheté de tête de mule que je connaisse. Il n'a rien voulu entendre. Malgré sa mauvaise grippe, il a relevé son collet comme un sapristi d'acteur de cinéma. Roulé ses épaules comme une mocheté de joueur de football. Et il s'est élancé dans la noirceur, comme une sapristi de mocheté de Tarzan plongeant dans les profondeurs d'un fleuve africain.

Alors, malgré son air grincheux, malgré ses gestes bourrus, j'ai suivi mon grand héros viking.

On a d'abord arpenté les rues du quartier en appelant: «Léopold! Léopold». Puis on a inspecté les ruelles. On a examiné les dessous de galeries, les arrière-cours, les entrées de garage.

Le Chat Léopold n'y était pas.

Plusieurs fois, j'ai tenté de renouer le foulard de Pierre-Yves. Chaque fois, il se hérissait en bougonnant:

— Occupe-toi de ton oeil au beurre noir, Rosalie Dansereau. Moi, je m'occupe de ma grippe de Hong-Kong.

Plusieurs fois, j'ai supplié Pierre-Yves de rebrousser chemin. Toujours, il avançait comme s'il n'avait pas entendu. D'un coup, et la neige et la pluie ont cessé. Un maigre croissant de lune est apparu. Puis des étoiles.

Les deux pieds dans la gadoue, les vêtements trempés, j'ai saisi Pierre-Yves par la manche et j'ai dit:

— C'est assez! On rentre! J'avais tort, tu n'es pas un lâche! Le Chat Léopold, c'est moi qui l'ai perdu, c'est à moi de le retrouver. Je le chercherai demain.

Parce qu'il recommençait à tousser, il m'a suivie jusqu'au bas de l'escalier, chez lui. J'ai mis la main sur son front, c'était chaud. Alors, je l'ai embrassé sur la bouche. Soudain, il m'a repoussée:

— Tu es folle, Rosalie. Tu vas attraper ma grippe!

J'ai haussé les épaules. J'ai tourné les talons et je suis rentrée à la maison. J'ai suspendu mon linge mouillé. Puis j'ai couru vers mon super sandwich tomates-laitue-mayonnaise-oignons et cornichons abandonné sur la table de la cuisine. Une tasse de chocolat tiède et un biscuit à la mélasse étaient posés à côté. Tante Alice devait rôder aux alentours.

J'ai tout avalé comme un goinfre. Aucune de mes tantes, chacune dans sa chambre, ne faisait le moindre bruit. Comme la maison demeurait silencieuse, je suis allée me coucher, moi aussi.

Chapitre V
Les parents gâchent tout!

En me réveillant, c'était de nouveau le printemps. Le soleil tapait si fort que la neige de la veille disparaissait à vue d'oeil. Tout fondait, dégoulinait de partout. L'eau en flaque se creusait des rigoles. Dans la rue, en bas, deux hommes de la voirie dégageaient un canal pour que l'eau s'y engouffre.

Le congé, c'était fini. Il fallait s'habiller pour l'école. Charbon, encore méfiant, épiait mes gestes, toujours perché sur le haut de la commode. Je suis montée sur une chaise. Je l'ai attrapé doucement. Ensemble, on est descendus prendre notre petit déjeuner.

Mes sept tantes boudaient toujours, mais Béatrice boudait plus sérieusement que les autres. C'est la seule qui, à table, n'a pas voulu desserrer les dents.

Après avoir rangé mes ustensiles dans le lave-vaisselle, j'ai mis mes lunettes noires pour cacher mon oeil poché. Et j'ai filé à l'école.

Dans la cour, c'était comme si, la veille, il n'y avait pas eu de GUERRE du tout. Même que Marco Tifo parlementait avec Piam Low. Julie Morin arrivait en courant. Je suis allée les rejoindre. J'avais des choses à raconter...

Je voulais raconter combien Pierre-Yves Hamel, hier soir, avait été courageux. Que malgré le vent, malgré le froid, il avait, malade, fiévreux, cherché avec moi le petit Léopold dans toutes les rues, dans toutes les ruelles du quartier. Et, parce que nous ne l'avions pas retrouvé, je voulais leur dire aussi combien maintenant pour le Chat Léopold, Pierre-Yves et moi, nous redoutions le pire.

Marco et Julie m'ont écoutée jusqu'au bout. Mais Piam, lui, s'est dissous, évaporé dans le paysage aussitôt que j'ai prononcé le nom Léopold.

Puis Marco a eu une bonne idée. Il a suggéré d'aller voir à la fourrière municipale, après la classe. Il a même proposé de venir avec moi. Ensuite, il y a eu comme une clameur derrière nous.

Ça riait, ça criait, ça sautait et... c'est Julie qui, la première, a aperçu la caméra de télévision. Juchée sur le toit d'une camionnette, l'oeil de la caméra balayait la cour. J'ai crié:

— Chouette! On va passer à la télé!

Des petits de première, de deuxième et de troisième se bousculaient déjà. Certains faisaient des grimaces, d'autres envoyaient la main. J'ai tiré Julie par la manche et... en poussant un peu, j'ai fini par m'installer juste devant l'objectif, à un mètre de la caméra.

J'ai replacé mes lunettes. J'ai secoué ma tignasse d'indienne javanaise et... j'ai fait «CHEESE». Comme une vedette de cinéma! Julie Morin, elle, tentait de se cacher derrière mon épaule. Elle répétait sans arrêt:

— Tu as l'air d'une vraie folle! Une vraie folle, Rosalie Dansereau!

Puis la cloche a sonné, Julie Morin s'est engouffrée la première à l'intérieur

de l'école. Moi, j'ai pris mon temps.

Quand tous les élèves ont disparu, il a bien fallu que j'entre à mon tour. Mais je voulais savoir pourquoi on avait filmé notre école. Alors, j'ai bifurqué vers le bureau de la directrice. La porte de son bureau était entrouverte. Je me suis arrêtée. Et enfin, j'ai compris!

Une voix qui articule comme on articule à la télé disait:

— La population a le droit de savoir! Lorsque dix-sept enfants se retrouvent à l'infirmerie d'une école pour les motifs que l'on sait... C'est un devoir pour un journaliste d'en informer les gens.

Derrière la porte, il y a eu comme une sapristi de mocheté de brouhaha. Une dizaine d'adultes parlaient tous en même temps. J'ai réussi à entendre:

— Ils l'ont battu comme des sauvages! Puis:

— Ne me dites pas que ce n'est pas du racisme!

Une mère a expliqué que son petit avait perdu une dent. Qu'on avait même accusé son fils d'avoir mangé un chat.

C'était sûrement la mère de Piam Low!

Puis, un père a répliqué en disant qu'on avait appelé le sien sale macaroni.

C'était sûrement le père de Marco!

Ensuite, d'autres parents ont déclaré qu'on avait traité leur fille de «guenille». Leur garçon de «cornichon». Leurs jumeaux de «Dupont». Leurs petits de «soupe aux pois», de «tête carrée», de «mangeur de grenouilles», «d'avaleur de poisson cru», de «visage pâle», de «visage noir», de «spaghetti», de «chop suey» et de «bambou».

Parce que j'ai bien du mal à me retenir quand on invente et quand on se crie des noms. J'ai éclaté de rire. Tout le monde a parlé en même temps et je n'ai plus rien compris du tout.

C'est alors que le journaliste qui articule comme on articule à la télé a demandé à la directrice la permission d'interviewer les enfants. J'ai entendu:

— Il n'en est pas question!

Et la directrice a claqué la porte. J'ai dû coller mon oreille près du trou de la serrure, pour entendre dc nouveau:

... incident extrêmement malheureux, qui ne se répétera probablement jamais.

Puis:

— Ici, tous les élèves sont heureux! Alors, je ne vous permettrai pas de ternir la réputation de cette école et de troubler la paix de MES enfants.

Derrière la porte, ça parlementait toujours. Le journaliste insistait, la directrice s'obstinait. Alors, j'ai décidé de traîner aux alentours. C'était ma seule chance de passer à la télévision. D'être enfin interviewée. De dire exactement ce qui s'était passé. D'en inventer un peu. Pour rendre les choses plus intéressantes.

Pour que tous mes camarades me reconnaissent. Pour que mes tantes applaudissent. Pour que Pierre-Yves Hamel, mon grand héros viking soit impressionné à jamais. Impressionné pour le reste de ses jours. Et qu'il oublie Mme Hamel, madame sa mère, un certain temps...

Comme j'allais quitter mon trou de serrure, j'ai reconnu une petite voix. Une voix haut perchée. Une sapristi de mocheté de petite voix qui demandait la parole, derrière la porte, dans le bureau de la directrice. C'était la voix de tante Alice. Alors, j'ai collé davantage mon oreille et j'ai entendu:

— Ce matin, il faisait beau. Il faisait beau, mais j'ai tout de même apporté mon parapluie. C'est qu'hier mon poussin est revenu de l'école avec un oeil cruellement enflé. Ses vêtements étaient férocement déchirés. Des barbares l'avaient scandaleusement malmenée. C'est qu'elle est toute petite, ma Rosalie. Elle est orpheline aussi.

Et c'est pour venir la venger que, ce matin, j'ai pris mon parapluie. Personne ne supporte que l'on fasse mal à ses enfants. Je vois qu'ici vous me comprenez tous.

Je m'étonne cependant que personne

n'ait songé comme moi à apporter son parapluie. Vous vous rendez compte! Si, avant de vous écouter, j'avais osé m'en servir?

Derrière la porte, tout le monde a éclaté de rire. Mais tante Alice a continué:

— Alors, je suis d'accord avec notre directrice. Il n'est pas nécessaire d'aller colporter nos bêtises à travers le pays. Et laissons-la donc continuer son travail. Faire en sorte que son établissement redevienne un havre de sérénité, d'amour et de paix. Qu'enfin, il n'y ait plus jamais, jamais de bagarres ou de chicanes dans son école.

J'aurais voulu l'étriper. Mais, comme tout le monde semblait d'accord avec elle, c'est à peine si j'ai eu le temps de reculer pour les laisser sortir.

Les parents avaient tous un sapristi de sourire au coin des lèvres. Il n'y avait que le journaliste qui, déçu, haussait les épaules en chiffonnant ses papiers.

Moi, j'étais si dépitée de le voir partir que j'ai couru derrière lui. J'ai lancé, pour que tout le monde entende:

— Cela veut dire qu'on n'aura jamais le droit de répondre quand on nous crie des bêtises? Que plus jamais on ne pourra se bousculer entre nous? Qu'il faudra toujours vivre dans l'amitié, la joie et l'amour... Même quand on recevra une sapristi de mocheté de boule de neige dans l'oeil?

Alors, j'ai enlevé mes lunettes de soleil pour que le journaliste voit mon oeil au beurre noir. Il a fait un geste vers moi, mais tante Alice l'a retenu par la manche, en répondant:

— C'est exactement ça, Rosalie Dansereau!

Alors j'ai déclaré:

— Si on n'a plus le droit de se défendre ici, moi, j'ai drôlement hâte de changer d'école et de m'inscrire à la polyvalente!

La directrice m'a lancé un regard en pointe de canif et tante Alice a marmonné:

— Graine de monstre! Retourne dans ta classe avant que je te donne un coup de parapluie.

Alors, j'ai filé vers le local de gymnastique. Je savais que, pour aujourd'hui, la GUERRE, dans cette école, était bel et bien finie.

Chapitre VI
Où est Léopold?

Sur une musique de jazz, les élèves couchés par terre faisaient des mouvements de ciseaux avec leurs jambes. Je me suis faufilée discrètement entre Marise et Marco. Roger comptait les mesures pour que tout le monde gesticule en même temps. Puis, la musique a cessé. J'ai chuchoté:

— J'aurais pu passer à la télé, mais les parents ont tout gâché!

Roger, ayant l'oreille beaucoup trop fine à mon goût, m'épiait. Il a répliqué, narquois:

— Pour connaître les prodigieuses aventures de Rosalie Dansereau, tout le monde est invité dans la cour, à la récréation. En attendant, je prierais notre glorieuse héroïne de se taire!

J'ai baissé la tête et je me suis tue.

Toute la journée, j'ai eu l'impression que les profs nous surveillaient de près. L'école était devenue une sapristi de mocheté de havre de sérénité, d'amour et de paix. Exactement comme la directrice et les parents l'espéraient.

Puis, à trois heures, j'ai rejoint Marco pour me rendre à la fourrière municipale. En marchant, Marco m'a raconté des choses terribles, atroces et abominables. Il disait que chaque jour, dans notre ville, des centaines de chats étaient ramassés par la Société protectrice des animaux.

Des chats abandonnés. Sous-alimentés. Maltraités. Blessés. À demi écrasés. J'avais le coeur en compote en songeant au Chat Léopold. Alors, j'ai supplié Marco de se taire ou de me parler de ses prouesses à la poutre. Il a déclaré, ironique:

— Ça veut devenir une grande vétérinaire et ça n'est même pas capable de regarder la vérité en face!

J'étais contrariée, mais je ne savais pas quoi lui répondre. Alors, j'ai préféré changer de sujet et reparler du journaliste, de la télé et des parents qui avaient tout gâché. Agacé, il a répliqué:

— Tu radotes avec ton journaliste, Rosalie Dansereau!

Et il a mis les mains dans ses poches. En sifflant, il a pivoté sur lui-même comme une toupie, au ralenti. Puis il s'est figé net. Et il a chuchoté à mon oreille:

— Je crois qu'on nous suit. C'est Piam Low! Il rase les murs comme s'il nous espionnait!

J'ai fait volte-face. Et j'ai vu Piam qui avançait, en louvoyant. Alors, j'ai crié:

— Approche! Si tu n'es pas une poule mouillée! Et si c'est pour nous parler de ta palette d'en avant que tu nous suis, j'ai quelque chose à te montrer!

J'ai retiré mes lunettes de soleil et j'ai attendu. Piam, qui n'est pas une poule mouillée, s'est approché. Il a examiné mon oeil moitié noir, moitié mauve, moitié rouge, moitié vert et... il a dit:

— Pouah! Ce n'est pas beau! Mais ce n'est pas pour ça que je vous suivais.

C'est à cause de... de ton chat!

— Quoi, mon chat! que j'ai dit.

— Bien... ton chat Léopold, vous le cherchez pour rien!

— Comment ça, on le cherche pour rien? Il lui est arrivé quelque chose? Tu l'as retrouvé mort étouffé? Écrabouillé par une voiture? Torturé? Battu ou mal-traité par des voyous sans coeur?

— Tu t'énerves sans raison, Rosalie Dansereau. Léopold est bien vivant et en bonne santé. Il dort au chaud dans ma maison. Et, si tu en as le courage, tu PEUX même venir le reprendre!

Presque en colère, j'ai répondu:

— Et comment, Piam Low, que je vais aller le reprendre! Tu n'espères tout de même pas que je vais te laisser mon petit Léopold? Tous mes camarades! Toute la rue! Tout le quartier connaît l'importance du Chat Léopold pour moi! Alors, mon chat, JE LE VEUX! Je le veux IMMÉDIATEMENT!

Aussitôt, on a bifurqué vers la rue Garnier et, avec Marco, j'ai suivi Piam chez les Low.

Chapitre VII
Chez les Low

Je suis restée deux heures chez les Low. Deux heures! Deux heures où j'ai appris des choses si tristes sur la guerre. La vraie.

D'abord, en entrant, la mère de Piam m'a reconnue tout de suite. C'était bien elle qui, ce matin, était dans le bureau de la directrice avec les autres. J'ai souri, un peu intimidée. Puis, elle nous a offert, à Marco, à Piam et à moi, du thé et des biscuits.

J'aurais voulu qu'elle me rende le Chat Léopold tout de suite, mais Mme Low désirait d'abord me parler. M'expliquer pourquoi Léopold était encore dans sa maison, alors qu'elle savait depuis deux jours qu'il était mon chaton.

En versant le thé brûlant, j'ai remarqué que ses mains tremblaient. Puis, tout bas, si bas que parfois nous avions du mal à entendre, la mère de Piam a commencé à raconter.

Elle a raconté comment toute sa famille avait dû fuir son pays, le Viêt-nam, en catastrophe. Elle a raconté, surtout, comment, pendant des années, ils ont dû vivre, au jour le jour, les horreurs de la guerre. Avec ses bombes qui crachent le feu. Avec ses bombes qui crachent le fer.

Puis elle nous a parlé de Can Toan, sa petite Can Toan qui avait perdu une jambe dans l'un des bombardements. Can Toan avait alors quatre ans.

Pendant que Mme Low parlait, Piam, silencieux, regardait par terre. Parfois, ses mains à lui aussi s'agitaient. Pour se donner du courage, Mme Low ponctuait ses phrases en avalant des minuscules gorgées de thé. Puis, tout à coup, elle a dit cette phrase étrange:

— Ce n'est pas la fin du monde, pour un petit enfant, de ne pas pouvoir marcher! Non! La fin du monde, pour

Can Toan, c'est sur le bateau que cela est arrivé!

Puis Mme Low a raconté l'histoire du bateau.

Elle a d'abord dit que là-bas, au Viêt-nam, Can Toan avait trouvé un ami. C'était un chaton qui, par hasard, avait choisi sa fille et ne l'avait plus quittée. Le petit chat ressemblait beaucoup à Léopold, avec son pelage tacheté, moitié noir, moitié blanc.

La petite s'en occupait à longueur de journée. Et, malgré leurs malheurs, c'était un réconfort pour toute la famille

de voir Can Toan le caresser, le soigner et rire avec lui.

Puis, à Hanoi, les choses avaient mal tourné pour eux. Et c'est sur un bateau de fortune qu'ils avaient dû fuir, en cachette, avec des centaines d'autres réfugiés, pour sauver leur vie.

Mme Low a fait une longue pause. Son visage était si blanc, ses mains tremblaient tellement! Par deux fois, elle a tenté de prendre une gorgée de thé, par deux fois, le liquide s'est répandu dans la soucoupe, puis à côté. D'une voix éteinte, elle a fini par dire que, sur le bateau trop chargé, il y avait des vieillards, des hommes, des femmes et des enfants.

Il y avait à peine de quoi boire, à peine de quoi manger. Pendant la traversée, assise sur le pont, Can Toan tenait son chat serré. Et il y a eu la tempête, une sapristi d'abominable tempête. La mer en furie secouait le bateau. Des tonnes d'eau salée s'infiltraient dans les cales du vieux rafiot. Le bateau est devenu ingouvernable. Il tanguait à gauche, à droite. Tout le monde avait si peur. Tout le monde avait si froid.

Puis la tempête a cessé. Perdu en mer,

le bateau a dérivé. Le bateau a dérivé longtemps. Tout le monde avait si soif. Tout le monde avait si faim. Plusieurs étaient malades. Ensuite, à cause de la souffrance, de la mort qui rôdait, de la peur surtout, un homme s'est jeté sur Can Toan en criant et en hurlant:

— C'est une honte de nourrir ce chat de malheur quand des humains crèvent de faim!

Le malheureux a arraché le chat des bras de Can Toan. Et... devenu fou, il a lancé le chaton par-dessus bord.

La mère de Piam sanglotait quand elle a dit:

— Can Toan a poussé un cri. Un seul. Et... c'est la dernière fois que quelqu'un a entendu sa voix.

Depuis, la grande soeur de Piam est

comme une petite bête silencieuse. Muette, elle est perdue dans un autre monde. Les mains de Mme Low ont enfin cessé de trembler quand elle a dit que, deux jours après le drame, un bateau canadien les avait miraculeusement recueillis.

Piam regardait toujours par terre. Marco et moi avions depuis longtemps cessé d'avaler nos biscuits. Alors... Mme Low a fait un geste vers le fond de sa maison, en expliquant qu'elle avait installé Can Toan sur la galerie arrière. Là où justement elle l'avait trouvée, il y a trois jours, avec Léopold sur les genoux. Puis elle s'est approchée de moi en disant:

— Maintenant, tu comprends pourquoi aucun de nous n'a trouvé le courage de lui enlever le chat! Toi, Rosalie, peut-être trouveras-tu les mots pour lui expliquer?

J'étais secouée. Dans le ventre, j'avais un trou, un vide, un sapristi de vide. Les jambes en guenilles, je me suis dirigée vers la galerie arrière. Et je me suis rapprochée doucement, tout doucement, de Can Toan. Je l'ai observée longtemps.

Assise sur une chaise, elle caressait le Chat Léopold qui ronronnait.

Puis, j'ai imaginé la voir s'en occuper, le soigner et peut-être, un jour, rire avec lui. Alors, j'ai compris! J'ai compris que pour Can Toan c'était comme si l'autre chat était revenu. J'ai compris surtout que le Chat Léopold, mon Chat Léopold, avait, lui aussi, choisi Can Toan. Comme autrefois, l'autre chat, au Viêt-nam.

Sur le bout des pieds, sans bruit, je suis revenue vers Mme Low et j'ai dit:

— Non! Je ne crois pas que je trouverai les mots pour lui expliquer!

Je suis restée deux heures chez les Low... et... j'ai préféré y laisser Léopold. J'ai seulement demandé la permission de venir le revoir avec Pierre-Yves quelquefois... parce... parce que même si le Chat Léopold représente tellement de choses pour moi, je sais maintenant qu'il représente davantage de choses pour Can Toan.

Je suis restée deux heures chez les Low. Et j'ai quitté leur maison avec une sapristi de mocheté d'envie de pleurer. J'avais envie de pleurer comme Marco dans son garage. Le jour où son chien

Popsi s'était fait écrabouiller par une voiture, au petit matin*. Mais, j'avais surtout envie de pleurer à cause de Can Toan. À cause de la guerre. À cause des bombes et des bateaux.

Alors, j'ai laissé Marco. Et j'ai couru chez Pierre-Yves Hamel. Même si c'était l'heure du souper. Même si sa mère risquait encore une fois de m'empêcher de lui parler.

---

*Voir *Les catastrophes de Rosalie,* chez le même éditeur.

Chapitre VIII
Personne!

Chez Pierre-Yves, j'ai sonné. Et j'ai resonné. Personne ne répondait. J'ai cru que la sonnette était détraquée, alors j'ai frappé. J'ai frappé doucement et j'ai frappé plus fort. Comme personne ne répondait encore, j'ai frappé avec mes poings, puis j'ai frappé avec mes pieds! Ensuite, j'ai eu envie de hurler! Enfin, j'ai seulement crié:

— Si jamais tu es déjà parti aux États, Pierre-Yves Hamel, je te détesterai pour la vie!

J'étais bouleversée. Je voulais tellement lui dire, pour le Chat Léopold. Lui dire pour Can Toan. Lui dire pour la guerre. Lui dire pour les bombes et lui dire pour les bateaux.

Résignée, j'allais redescendre quand Timinie, la chatte de Pierre-Yves, a remonté l'escalier en miaulant. Je l'ai prise dans mes bras. Je me suis assise sur une marche et je l'ai caressée longtemps. Et c'est à Timinie, la mère du Chat Léopold, qu'en secret, j'ai tout raconté. Longuement. Et, un peu soulagée, j'ai laissé Timinie sur le palier et je suis redescendue.

De la rue, j'ai aperçu tante Béatrice qui épiait mon retour par la fente des rideaux. J'ai compris que le Céleri surveillant avait enfin cessé de bouder.

Même que c'est avec beaucoup de délicatesse que tante Béatrice a dit, quand je suis entrée:

— Ma pauvre Rosalie, j'ai une bien mauvaise nouvelle à t'apprendre. J'ai reçu un appel de Mme Hamel. Pierre-Yves est entré d'urgence à l'hôpital. Sa grippe a dégénéré en pneumonie.

Je me suis sentie rougir. Puis pâlir. Puis rougir de nouveau. Puis pâlir encore. Je voulais dire quelque chose, mais je n'ai rien dit. J'ai seulement attrapé

Charbon et je suis montée dans ma chambre.

À plat ventre sur mon édredon, je me suis sentie coupable. Je me suis sentie

comme une sapristi de mocheté de graine de monstre. Exactement comme tante Alice, ce matin, me l'avait dit.

Ce soir-là, je me suis endormie les lumières allumées. Et, j'ai fixé longtemps la photo où, moi bébé, je mâchouille une suce en braillant, coincée entre mes parents.

Chapitre IX
Ma meilleure amie

Le lendemain, c'était samedi. En me réveillant, j'ai décidé de téléphoner à Julie Morin. Julie Morin, c'est ma meilleure amie. Même si c'est la fille la plus intelligente que je connaisse. Même si elle est au-dessus de tout, parce que tout ce qui compte, pour elle, c'est comprendre.

Elle a répondu, à moitié endormie:

— Allô!

J'ai dit:

— C'est moi, je voudrais savoir si tu penses que je suis réellement un monstre, Julie Morin?

Elle a dit, en me reconnaissant tout

de suite:

— Un peu, Rosalie Dansereau!

Alors, j'ai demandé:

— Est-ce que tu crois que c'est moi qui suis responsable de la pneumonie de Pierre-Yves?

Elle a répondu en riant:

— Si tu te prends pour un pneumocoque, c'est possible! Le pneumocoque, c'est le microbe responsable de la pneumonie.

— Arrête de te moquer, Julie Morin. Je suis tellement inquiète depuis que Pierre-Yves est à l'hôpital!

Elle a répondu:

— Tu t'inquiètes pour rien. Avec les antibiotiques, il n'y a presque plus personne qui meurt de pneumonie aujourd'hui.

J'ai dit:

— Il doit souffrir?

Elle a répondu:

— Non, il doit dormir.

Alors, j'ai demandé:

— Est-ce à cause de ton ordinateur que tu sais tout, Julie Morin?

Elle a répondu:

— Non! Quand je veux savoir quel-

que chose, je me renseigne comme tout le monde, Rosalie Dansereau.

Enfin, pour lui montrer que je connaissais un peu quelque chose, moi aussi, j'ai dit à Julie:

— Tu savais, toi, qu'il y avait une

guerre, au Viêt-nam? Une guerre avec des vraies bombes? Une guerre avec des enfants qui perdent leurs jambes! Une guerre avec des centaines de personnes qui fuient leur pays sur de vieux bateaux?

Elle a répondu:

— Je sais qu'il y a EU une guerre au Viêt-nam. Elle s'est terminée en 1975. Mais je sais qu'il y a encore environ deux cent trente-trois conflits armés sur la planète. Des conflits où des milliers et des milliers de vraies bombes tuent des hommes, des femmes et des enfants.

— Alors, que j'ai dit, c'est certain que tu sais, toi, pour Can Toan, la soeur de Piam!

— Oui! Je sais. Même qu'il m'arrive parfois d'aller la voir... De lui parler longtemps. Même si je ne suis pas très sûre qu'elle écoute! Même si je ne suis pas très sûre qu'elle entende!

— Alors, Julie Morin! C'est parce que tu savais TOUT... qu'à l'école, l'autre matin, tu n'es pas entrée dans la chicane?

— Ouais! qu'elle a répondu. Je me dis toujours que plus on sait de choses, moins on risque de faire ou de dire de bêtises!

J'ai pensé à la blague stupide de Marco Tifo et j'ai répété:

— Ouais! Mais pour moi, c'est le contraire! C'est toujours en faisant des sapristi de mocheté de gaffes que j'apprends!

Puis l'idée m'est venue de lui demander où c'était, au juste, les États? Mais pour ne pas avoir l'air de la dernière des abruties, je n'ai pas osé.

J'ai plutôt reparlé de Pierre-Yves et de la soeur de Piam. Et j'ai parlé de tout et de rien... Jusqu'à ce que tante Béatrice vienne me tourner autour. C'est sa façon à elle, de me faire comprendre que je monopolise indûment le téléphone.

Après la troisième symphonie de soupirs du Céleri surveillant, j'ai raccroché. J'ai raccroché... avant de déclencher le deux cent trente-quatrième conflit armé de la planète.

Chapitre X
Mes tantes

C'est décidé! Je ne laisserai pas mon grand héros viking souffrir tout seul sur son lit d'hôpital. J'irai... souffrir avec lui. J'ai réussi à connaître son numéro de chambre! Et l'horaire des visites! J'ai trois heures pour me préparer! Trois heures pour choisir ce que je vais lui apporter. Des chocolats? Des bandes dessinées? Des romans ou des noix d'acajou?

Je passerai aussi chez tante Élise. C'est la super savante de la famille. Elle adore qu'on lui pose des questions d'ordre scientifique.

Elle me dira «TOUT» sur les pneumocoques et sur la pneumonie. Son savoir sur le comportement des singes en laboratoire est immense. Je suis certaine que ce que j'apprendrai aidera Pierre-Yves, laissé dans l'ignorance et terrassé sur son lit d'hôpital.

Tante Élise était aux anges quand je lui ai demandé son aide pour des motifs purement intellectuels! Elle a même dit:

— Assieds-toi, mon oiseau des îles! Pour ce genre de questions, je suis à ton entière disposition!

Mais, à peine avait-elle commencé à expliquer que la pneumonie était une inflammation puis une congestion des poumons que, bizarrement, elle a bifurqué sur mon oeil au beurre noir. Et, de mon oeil au beurre noir, sur le comportement des jeunes orangs-outangs.

Si bien qu'à la fin, mon oeil poché confirmait l'une de ses plus profondes intuitions: les jeunes orangs-outangs, sont infiniment plus civilisés que les adolescents d'aujourd'hui!

Grâce à l'arrivée de tante Florence, j'ai pu éviter un long discours sur les moeurs de la jeunesse de presque l'an 2000.

Tante Florence, nouvelle adepte de la médecine douce, accourt aussitôt qu'on parle de maladie. Des adolescents d'aujourd'hui, la discussion a bifurqué de nouveau sur les pneumocoques de Pierre-Yves.

Tante Florence qui autrefois méditait sur la tête, les jambes en l'air, ne jure maintenant que par la méditation allongée sur un futon. Elle tâte son corps à des endroits précis, pour faire circuler son énergie. C'est comme ça que, paraît-il, elle guérit toute les maladies.

Du haut de sa chaire universitaire, tante Élise a eu d'abord un rire moqueur. Puis, elle a formellement accusé tante Florence de charlatane! De colporteuse

de doctrines fumeuses! De détourneuse crasse de vérités!

Furieuse, tante Florence a accusé tante Élise, à son tour, d'empoisonneuse de pauvres gens! De savante à la gomme! D'abuseuse de pouvoir avec sa panoplie de poisons qu'elle osait appeler médicaments!

Les choses allaient mal tourner. Alors, j'ai quitté la chambre en catimini. Il était clair qu'avec mes tantes, je risquais de demeurer à jamais ignorante.

Je devinais aussi que si j'allais voir tante Alice, elle me suggérerait son éternelle mouche de moutarde. Tante Diane me conseillerait un bouquet de fleurs, pour le moral. Tante Béatrice m'offrirait de nombreuses recommandations sur la prévention. Tante Gudule me proposerait un flacon d'eau de Cologne. Et tante Colette, un livre, sûrement *Le malade imaginaire*.

Comme toujours, dans le secret de ma chambre, j'ai décidé de m'arranger toute seule.

J'ai d'abord enfilé une blouse blanche. Puis des bas blancs. Puis une jupe blanche. Comme ça, j'avais tout à fait l'air d'une visiteuse de malades.

Avec un peu de maquillage, j'ai camouflé mon oeil au beurre noir. J'ai secoué ma tignasse d'indienne javanaise. Et, le coeur à l'envers, avec une heure d'avance, j'ai quitté la maison pour le grand hôpital.

Chapitre XI
L'hôpital

En entrant, j'ai tout de suite reconnu l'odeur d'alcool à friction mêlée à l'odeur du désinfectant. Tout était propre et silencieux. J'avais encore une demi-heure d'avance. J'en ai profité pour flâner dans la boutique de cadeaux.

Pour Pierre-Yves, j'ai acheté une tablette de chocolat Oh Henry. Un sac de pistaches. Une boîte de pastilles Vicks. Une tortue miniature en peluche. Une bande dessinée. Une minuscule bouteille de lotion pour hommes, en forme de chat. Une carte comique et un super sac de chips au vinaigre.

Comme il n'y avait ni pomme, ni

prune, ni poire, ni raisin, j'ai rajouté un énorme sac de pop-corn au caramel.

Avec mon paquet sous le bras, j'ai pris l'ascenseur jusqu'au quatrième. Pour ne pas attirer l'attention, j'ai rasé les murs jusqu'à la chambre 423. Puis j'ai aperçu l'affiche! Le souffle coupé, j'ai lu sur la porte: VISITES INTERDITES! Alors j'ai reculé, reculé. Et... je me suis effondrée sur une chaise qui traînait au fond du corridor.

Tranquillement, j'ai repris mes esprits. Je me disais: si on interdit les visites, c'est que Pierre-Yves est au plus mal. Et je ne voulais pas qu'il meure. Je ne voulais surtout pas que Pierre-Yves meure sans moi. Alors, malgré l'affiche, j'ai décidé d'aller voir mon grand héros viking, une dernière fois.

Sur le bout des pieds, je me suis dirigée, de nouveau, vers le 423. Et, à demi folle d'angoisse, j'ai poussé la porte.

Dans la chambre, il faisait sombre. Tous les rideaux étaient tirés. Pierre-Yves dormait. Je me suis assise au pied du lit.

Et doucement, tout doucement, j'ai pleuré un peu. Pierre-Yves était pâle.

Mais il respirait. Alors, sans faire de bruit, je me suis approchée de la tête du lit. Puis, tout bas, j'ai murmuré:

— C'est ma faute!

J'ai cru, un instant, que les paupières de Pierre-Yves avaient bougé, mais ses yeux étaient toujours fermés. Alors, j'ai continué:

— Oui, c'est ma faute! Je le sais depuis toujours... Je ne suis rien qu'une graine de monstre. Une sapristi de mocheté de graine de monstre!

J'ai pris une grande respiration et j'ai poursuivi:

— Et toi, Pierre-Yves, tu avais raison! Si j'avais su m'occuper de mes chats, le Chat Léopold ne serait jamais disparu. Et si le Chat Léopold n'était pas disparu, Marco Tifo n'aurait pas accusé Piam Low de l'avoir mangé!

Et... si Marco n'avait pas accusé Piam Low, il n'y aurait pas eu de guerre à notre école!

Et... s'il n'y avait pas eu de guerre à notre école, il n'y aurait pas eu de drame à la maison. Et... s'il n'y avait pas eu de drame à la maison, moi, je n'aurais pas fait la monstrueuse bêtise de t'accuser d'être un LÂCHE!

Alors, jamais tu n'aurais songé à jouer les héros, le soir de la pire tempête du siècle, pour retrouver le Chat Léopold. Jamais, jamais ta grippe de Hong-Kong n'aurait dégénéré en pneumonie! Et tu serais aujourd'hui en train de faire tes sapristi de bagages, pour partir aux États!

À bout d'idées, j'ai fait une pause. Ce n'est pas facile de parler à une personne qui est presque en train de mourir. Puis j'ai pensé à Timinie et j'ai continué:

— Si jamais il t'arrivait quelque chose de grave, Pierre-Yves Hamel, je te promets, même que je te jure de m'occuper éternellement de Timinie!

J'avais encore le coeur serré et encore envie de pleurer quand les paupières de Pierre-Yves ont remué. Comme des ailes de papillons. Il a ouvert enfin les yeux et il a dit:

— Tu n'as pas fini de te lamenter, Rosalie Dansereau!

Puis, en pouffant de rire, comme une mocheté de traître:

— Tu as raison, c'est ta faute!

Je me suis relevée comme un ressort, en criant:

— Je te déteste! Jamais je ne te pardonnerai d'avoir fait semblant de dormir et de mourir!

Et, me rappelant que j'étais dans un hôpital, j'ai demandé, en baissant le ton:

— Veux-tu me dire pourquoi on interdit les visites dans une chambre où les malades ont le culot de jouer la comédie?

Il a répondu en grimaçant comme un pitre:

— C'est que je suis contagieux!

— Comment... contagieux, Pierre-Yves Hamel!

— Ben... contagieux, contagieux! Rosalie Dansereau!

Et Pierre-Yves a expliqué... que le soir de la tempête, sa mère s'était énervée pour rien. Qu'après une série de tests, les médecins avaient finalement conclu que sa grippe de Hong-Kong n'était qu'une vulgaire coqueluche à la noix. Qu'enfin, son cauchemar était terminé puisqu'il avait eu son congé. Il quittait l'hôpital le soir même, à vingt heures.

J'avais envie de rire et envie de pleurer en même temps. Puis j'ai eu l'idée de lui tordre le cou. Finalement, j'ai proposé:

— J'ai plein de cochonneries, as-tu faim?

Il a répondu, en sautant sur mon sac:

— Je suis affamé! Terriblement affamé, Rosalie Dansereau! Cela fait deux jours qu'on me nourrit aux poudings et au jello.

Ensemble, on a déballé les chips au vinaigre, les pistaches, le chocolat et le sac de maïs soufflé au caramel. On finissait la boîte de pastilles Vicks quand une infirmière bâtie comme un mastodonte

est entrée en hurlant:

— Comment! De la visite ici! Vous n'avez pas lu l'affiche? Vous êtes dans l'aile des contagieux, mademoiselle! Les visites sont strictement, strictement interdites!

J'ai répondu pour la rassurer:

— Ne vous en faites pas pour moi! La coqueluche, je l'ai eue au moins trois fois!

Puis j'ai dit en me lamentant un peu:

— Ça fait sept jours, sept sapristi de jours que l'on m'empêche de voir mon... mon amoureux!

Pierre-Yves a rougi, mais l'infirmière a souri en disant:

— Pauvre enfant! Je te donne quinze minutes. Après, il faudra déguerpir! Sinon, tu risques de tomber sur l'infirmière en chef! Elle passe tous les après-midi. Son tour de garde est à trois heures.

Le mastodonte a fait un clin d'oeil et a ajouté en sortant:

— C'est qu'elle n'est pas commode du tout, notre infirmière en chef!

Enfin seuls. Pierre-Yves et moi avons d'abord ramassé les miettes éparpillées sur le lit. Puis je lui ai remis la bande dessinée, la carte comique, la bouteille de lotion pour hommes et la tortue en peluche.

Après, j'ai pu lui raconter pour le Chat Léopold. J'ai pu lui raconter pour Can Toan, la soeur de Piam.

Grave, Pierre-Yves écoutait. Il écoutait en me caressant la main. À la fin, je crois bien que Pierre-Yves pleurait.

Alors, même si je n'avais fait aucune coqueluche de toute ma vie. Même si toutes mes vacances de Pâques risquaient d'être gâchées à jamais. Je l'ai embrassé! Je l'ai embrassé, mais pas assez longtemps à mon goût. Parce que mon grand héros viking s'est remis à tousser. Enfin, juste avant que l'infirmière en chef nous surprenne, je suis partie.

J'ai quitté Pierre-Yves. J'ai quitté l'hôpital. J'ai quitté l'hôpital et... j'avais des ailes! Je n'étais plus une graine de monstre. J'étais heureuse. J'avais enfin le coeur comme une sapristi de mocheté de havre de sérénité, d'amour et de paix. Exactement comme tout le monde... l'espérait!

Épilogue

La famille Hamel a dû remettre à l'an prochain sa visite aux États. Moi, j'ai failli passer les pires vacances de Pâques de toute ma vie. Sitôt rentrée à la maison, la mère de Pierre-Yves a tenté de reprendre son fils en otage. Heureusement, mon grand héros viking s'est glorieusement défendu.

Alors, malgré les inquiétudes de madame sa mère, on a pu visiter l'Aquarium. Puis, le Planétarium! Puis, le Jardin botanique! Puis, le gros Oratoire! Enfin, on a pu assister, au Forum, à un super concert de musique rock, avec Julie Morin, Marco Tifo et Piam Low.

À la maison, mes sept tantes n'ont plus jamais boudé toutes ensemble. La semaine dernière, c'était l'anniversaire de tante Béatrice.

Tante Alice, tante Colette, tante Diane, tante Élise, tante Florence, tante Gudule et moi lui avons offert un cadeau spécial. On a bien ri quand le Céleri surveillant a déballé sa cocotte minute toute neuve avec un gros bouquet de tulipes dedans. Depuis, tout le monde a repris son train-train quotidien comme avant.

À l'école, même si parfois il y encore des bousculades dans un coin, il n'y a pas eu d'autres GUERRES TOTALES. La directrice nage dans le bonheur... le journaliste n'a jamais remis les pieds dans SON école!

Je sais maintenant que je n'aurai pas la chance d'être interviewée à la télé avant mon arrivée à la polyvalente.

Enfin, je m'occupe de Charbon comme jamais je ne m'en suis occupée. J'ai appris hier que Benoît Baptiste est d'origine haïtienne. J'ai le coeur en morceaux rien qu'à penser que sa famille est peut-être arrivée en bateau.

Je m'occupe de Charbon. Et... je m'occupe aussi de mon futur voyage aux États. J'ai toute une année pour convaincre mes tantes d'aller faire un tour sur le bord de la mer. Ce serait tellement des sapristi de mocheté de belles vacances de Pâques si mon grand héros viking était dans les parages!

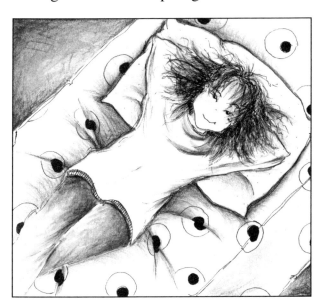

Table des matières

Prologue...7

Chapitre I
La tempête du siècle 11

Chapitre II
La guerre continue 17

Chapitre III
Mon héros est un lâche 27

Chapitre IV
Mon héros est encore un héros 37

Chapitre V
Les parents gâchent tout! 43

Chapitre VI
Où est Léopold?..53

Chapitre VII
Chez les Low 59

Chapitre VIII
Personne! 67

Chapitre IX
Ma meilleure amie 71

Chapitre X
Mes tantes..77

Chapitre XI
L'hôpital 83

Épilogue...93

Achevé d'imprimer
sur les presses des Ateliers des Sourds Montréal (1978) inc.
1er trimestre 1989